THÉORIE

SUR

L'ESCRIME A CHEVAL.

THÉORIE

SUR

L'ESCRIME A CHEVAL,

POUR SE DÉFENDRE AVEC AVANTAGE

CONTRE TOUTE ESPÈCE D'ARMES BLANCHES;

ORNÉE DE 51 PLANCHES EN TAILLE DOUCE.

Par Alex. MULLER, Major de Cavalerie.

A PARIS,

Chez CORDIER, Imprimeur-Libraire de la Garde Royale et des Troupes de toutes Armes, pour l'Art et la Comptabilité militaires, rue et maison des Mathurins Saint-Jacques, N.º 10.

1816.

AVIS.

Je soussigné déclare que, m'étant conformé à toutes les dispositions exigées par la Loi, je poursuivrai pardevant les tribunaux, comme contrefacteurs, tous les Libraires qui vendraient et débiteraient le présent Ouvrage qui ne porterait pas ma signature.

PRÉFACE.

L'Arme de la Cavalerie est la plus dispendieuse à l'État, et c'est de sa bonne instruction que dépend sa conservation et l'avantage du gouvernement. Il est donc d'une nécessité absolue de mettre le cavalier en état d'attaquer ou de se défendre avec supériorité.

La supériorité ne peut exister qu'autant que le cavalier manie avec aisance et dextérité le sabre, son arme favorite, et dont il fait le plus fréquemment usage.

La certitude de se défendre avec succès donne de l'assurance au cavalier, fortifie son âme dans le danger, et stimule son courage. Un soldat qui ne sait pas utiliser ses armes, aperçoit trop vivement le danger qu'il ne peut éviter.

L'école de l'espadon est anéantie depuis la révolution. La guerre a moissonné les élèves de cette arme. On s'est principalement occupé de l'étude de la pointe ; genre d'escrime destructif pour le soldat, par l'habitude qu'il a prise de s'en servir dans ses querelles particulières, et totalement inutile à l'armée.

Le soldat doit être instruit non pour se battre en champ clos, mais pour servir son pays sur le champ de bataille.

L'étude du sabre a été trop négligée: plusieurs généraux de cavalerie en ont signalé les funestes résultats. (1)

______

(1) C'est ainsi que s'exprime à cet égard l'Auteur de l'excellent *Réglement de Service intérieur* qui vient de paraître avec l'approbation du Ministre de la

Frappé de leurs observations, j'ai cru devoir, par amour pour le gouvernement et par attachement pour mes frères d'armes, publier ce petit Ouvrage, fruit de mon expérience.

Cinquante et une planches représentent les différentes positions du cavalier, depuis son entrée à l'école jusqu'au moment où son instruction est achevée.

Cette étude consiste dans des mouvemens simples et naturels, qui se réduisent à ceux de *tierce* et de *quarte* à poignet fermé et à poignet ouvert.

Le cavalier peut acquérir la connaissance de ces mouvemens dans l'espace d'un mois.

L'école de l'espadon ne suffit pas pour former un cavalier ; il lui faut encore la pratique, qui ne s'acquiert que dans les combats simulés.

Pour rendre plus facile l'exercice du sabre, il ne faut pas employer avec le soldat des termes d'art, mais des expressions simples, qu'il puisse saisir promptement.

J'ai rendu cet Ouvrage aussi clair et aussi concis qu'il m'a été possible : heureux si j'ai atteint le but que je me suis proposé, celui de l'utilité générale !

Guerre, art. 534 : « L'escrime a jusqu'ici été trop négligée dans la cavalerie : » elle est en quelque sorte aussi nécessaire dans cette arme, que l'est le maniement » du fusil dans l'infanterie. — On doit assujétir les recrues à suivre les salles » d'escrime pendant six mois au moins, et avoir en conséquence un ou deux » maîtres ou prévôts de contre-pointe par escadron. Un maître et deux prévôts » de pointe suffisent pour un régiment. »

INTRODUCTION.

LA force du cavalier consiste dans la pratique de l'escrime à cheval : cette escrime est composée de l'équitation et du maniement du sabre.

S'il est très-instruit, le cavalier, abandonné à lui-même, s'élance avec plus d'intrépidité dans le combat; et c'est là le moment critique où il tire avantage de ce qu'il sait, ou peut devenir victime de ce qu'il ignore.

L'équitation et le maniement du sabre, quoique ayant des rapports entre eux, sont néanmoins deux sciences qui exigent une instruction particulière pour chacune avant de les combiner ensemble.

Il est donc nécessaire que le cavalier apprenne d'abord le maniement du sabre à pied, en lui faisant prendre toutefois la position de l'homme à cheval (*voyez* pl. 8); et on ne le mettra pas en selle avant qu'il ne soit parfaitement instruit de l'équitation et du maniement du sabre, suivant l'ordre prescrit dans cette Théorie, qui est divisée en trois parties, comme les élèves sont divisés en trois classes.

THÉORIE

SUR

L'ESCRIME A CHEVAL.

1.re PARTIE. ———— 1.re LEÇON.

INSTRUCTION A PIED.

DÉMONSTRATION de tous les coups de sabre contenus dans cette Théorie, à tous les cavaliers qui composent le régiment sans distinction de grade.

2.e PARTIE. ———— 2.e LEÇON.

Les Cavaliers les plus instruits de la classe précédente entreront dans celle-ci pour faire l'exercice de l'*offensive* et de la *défensive* homme contre homme. Cet exercice est une préparation à la troisième partie.

3.e PARTIE. ———— 3.e LEÇON.

INSTRUCTION A CHEVAL.

Cette classe comprendra les cavaliers les plus instruits sortis des deux classes précédentes. Ils feront l'exercice à cheval dans l'ordre de guerre. Nul cavalier ne peut entrer dans cette classe sans être parfaitement maître de son cheval et de ses armes.

PREMIÈRE DIVISION.

Ordre et Division du Travail.

Les Instructeurs donneront deux leçons par jour;

SAVOIR :

1.re LEÇON. = OFFICIERS, SOUS-OFFICIERS.

On réunira, dans la matinée, pour cette leçon, tous les officiers, sous-officiers et trompettes du régiment, sans distinction; chaque grade en particulier. Si les élèves d'un grade quelconque ne sont pas au nombre de *seize*, on y joindra, pour le compléter, un nombre suffisant pris dans le grade qui succède, en les plaçant à l'aile gauche.

2.e LEÇON.

Tous les jours, dans l'après-midi, avant ou après le pansement, à l'heure qu'il plaira au colonel de fixer, et en avertissant les instructeurs par l'expédition de l'ordre du jour, le régiment se rassemblera pour prendre leçon.

Les officiers et sous-officiers ayant pris une leçon dans la matinée, surveilleront leurs compagnies respectives et pelotons, pour seconder les instructeurs dans l'après-midi.

Le régiment sera conduit par les instrumens sur la place d'exercice.

POLICE.

UN lieutenant-colonel et l'officier chargé de la police, ainsi que l'adjudant-major et l'adjudant-sous-officier de semaine, le chirurgien-major et l'artiste vétérinaire, veilleront, pendant cette instruction, chacun en ce qui le concerne, les uns pour *faire observer le silence,* et les autres pour *prévenir ou remédier aux accidens.*

Les instructeurs ont le droit d'envoyer un cavalier à la salle de police, dans le cas de désobéissance, en faisant leur rapport avant la retraite.

DU REPOS.

LE lieutenant-colonel fera sonner, par un trompette, le repos et le rassemblement tous les quarts-d'heure, ou lorsqu'on le jugera convenable.

Les cavaliers des deux premières classes remettront leur sabre avant de rompre leur ligne.

Les cavaliers *montés* mettront pied à terre pour sangler leurs chevaux. Les cavaliers *impairs* pourront quitter leur rang pendant que les cavaliers *pairs* garderont leurs chevaux , *et vice versâ*.

La musique ou les trompettes du régiment joueront quelques fanfares pendant le repos.

CHOIX

CHOIX DES SURVEILLANS.

Les surveillans seront choisis par le colonel sur la présentation des instructeurs, et pris parmi les officiers et sous-officiers les plus instruits. (Ces surveillans auront toujours un grade supérieur à la classe dont ils surveilleront le travail.)

Les officiers surveilleront le travail des sous-officiers, et les sous-officiers celui des cavaliers.

L'instructeur seul ayant le droit de reprendre à haute voix tous les élèves, il est enjoint à tous les surveillans de ne le faire qu'à voix basse.

PROMOTION DES CLASSES.

LE colonel rassemblera le régiment tous les huit jours ; et , d'après la proposition des instructeurs, il procédera au changement de classe.

A cet effet, les instructeurs tiendront une liste nominative de leurs élèves, laquelle leur servira en même temps pour faire l'appel à chaque instruction.

En marge de cette liste les instructeurs mettront les progrès de chaque élève cavalier.

DEUXIÈME DIVISION.

Entrée à l'École.

LE régiment arrivé sur la place, les instructeurs feront l'appel nominal de leurs classes. Les cavaliers, après avoir répondu *présent,* sortiront de leurs rangs , et se formeront sur deux de hauteur devant leurs instructeurs, qui les conduiront , par un quart à gauche ou à droite , sur le terrain.

En arrivant, ils commanderont : *Garde à vous.* ⸗ *Premier rang, quatre pas en avant.* ⸗ Marche.

Les cavaliers partis du pied gauche et arrivés à la destination , les instructeurs commanderont : Alignement.

2 *

ORDRE

ET EXÉCUTION DES COMMANDEMENS.

Tous les coups de sabre contenus dans cette Théorie, soit offensifs, soit défensifs, seront annoncés au cavalier par le commandement prescrit. Les instructeurs doivent en faire la démonstration, et les cavaliers suivront tous les mouvemens avec exactitude.

METTRE LE SABRE A LA MAIN.

Garde à vous. = *Main au sabre.* = **Tirez.**

Un temps et trois mouvemens.

1. Porter la main droite par-dessus les rênes; passer le poignet dans la dragonne; saisir le sabre à la monture pour dégager la lame du fourreau de six pouces.

2. Au second commandement, **tirez**, tirer vivement le sabre hors du fourreau, et rapporter le poignet à la hauteur du cœur, la pointe en l'air et l'œil fixé sur le chef; la contenance tranquille. (Dans cette position, le pouce doit être alongé sur la monture. (*Voyez* planche 1.ère)

3. Placer le sabre à droite, le dos de la lame appuyé au défaut de l'épaule, le poignet reposé sur la cuisse droite, le petit doigt en dehors. (*Voyez* planche 2.)

> *Nota.* Chaque fois que le cavalier tire son sabre, il doit saluer son chef de la manière indiquée au 2.e temps. Dans cette position, il montre plus d'énergie, et laisse apercevoir qu'il n'a tiré son sabre que pour son Roi, l'Honneur et la Patrie.

DÉFINITIONS.

LE soldat n'étant pas formé au genre d'escrime à cheval, ne peut avoir qu'une mauvaise manière de tenir son sabre ; il est donc nécessaire, avant tout, de lui apprendre les termes dont on se sert dans cette Théorie, ainsi que les diverses positions du poignet, et la signification des mots *offensive* et *défensive,* qui, dans l'escrime, en a une particulière.

J'ai dit, dans la préface, que cette Théorie est basée sur des mouvemens simples et naturels, qui se réduisent à ceux de *tierce* et de *quarte* à poignet fermé et à poignet ouvert.

ARTICLE PREMIER.

*Définition de l'*Offensive.

On appelle *offensive,* à l'arme blanche, toutes les positions où le soldat attaque son ennemi, de quelque manière que ce soit.

ART. II.

Définition de la Défensive.

On nomme *défensive* toutes les positions où le soldat, sans attaquer, pare avec son sabre les coups portés par l'ennemi.

ART. III.

Définition de la Quarte.

On désigne par *quarte* une position offensive ou défensive, mouvement de parade, coup de sabre ou de pointe, dans laquelle le tranchant du sabre est tourné vers l'épaule gauche ou en dedans. (*Voyez* planche 3.)

(14)

A R T. IV.

Définition de la Tierce.

On appelle *tierce* tous les mouvemens désignés ci-dessus, dans lesquels le tranchant du sabre est tourné vers l'épaule droite ou en dehors. (*Voyez* planche 4.)

(Il est bien entendu que dans ces positions, le dos et le tranchant du sabre sont sur une même ligne horizontale.)

A R T. V.

Définition du Poignet ouvert.

On dit *poignet ouvert* lorsqu'en portant un coup de pointe à droite ou à gauche, en avant ou en arrière, la tête de la garde du sabre est fortement appuyée sur la paume de la main, et que les doigts, serrés les uns contre les autres, sont alongés sur la monture. (*Voyez* planche 5.)

Le poignet est encore ouvert dans les parades en arrière de l'épaule gauche, par le mouvement du bras droit, et en exécutant le moulinet: les doigts doivent être alors desserrés et flexibles dans leurs mouvemens, et le pouce ne sert que d'accessoire pour fermer la main.

A R T. VI.

Définition du Poignet fermé.

Poignet fermé se dit de tous les mouvemens du sabre, soit offensifs, soit défensifs, où le pouce est alongé sur la monture dans toute son étendue, et fortement appuyé contre la garde, pour servir de clé à fermer le poignet, et pour donner ainsi toute la force nécessaire pour guider le coup de sabre avec justesse, ou pour écarter l'arme ennemie. (*Voyez* planche 6.)

DE L'INSPECTION ET DE L'INSTRUCTION
SUR LE POIGNET.

Les rangs étant ouverts, comme il est dit à *l'entrée à l'école,* l'instructeur passera à l'instruction relative au poignet. Les surveillans devront le seconder en parcourant les rangs.

Garde à vous. = *Pour passer à l'inspection du poignet.*

Présentez = Quarte.

Un temps et un mouvement.

Détacher le sabre de l'épaule ; alonger le bras en avant , le poignet fermé en quarte à la hauteur de l'avant-bras , la pointe du sabre inclinée. (*Voyez* planche 3.)

Le cavalier restera dans cette position jusqu'à ce que l'instructeur soit assuré de l'exécution du commandement.

Présentez = Tierce.

Un temps et un mouvement.

Tourner le poignet à gauche , et rester dans la position précédente. (*Voyez* planche 4.)

Présentez le = poignet ouvert

Un temps et un mouvement.

Ouvrir le poignet et rester dans cette position. (*Voyez* planche 5.)

Présentez le = poignet fermé.

Un temps et un mouvement.

Fermer le poignet et rester dans la position précédente. (*Voyez* planche 6.)

Portez = Sabre.

Un temps et un mouvement.

Replacer le sabre au défaut de l'épaule, comme auparavant. (*Voyez* planche 2.)

OUVRIR LES RANGS.

Garde à vous. $=$ *A gauche et à droite, ouvrez vos rangs à la pointe du sabre.*

A CE COMMANDEMENT, les cavaliers ouvriront leurs rangs à gauche et à droite sur la même ligne, en conservant la distance .de quatre pas de profondeur ; et chaque cavalier mesurera , avec la pointe de son sabre , à bras tendu, l'espace nécessaire pour exécuter cette manœuvre sans blesser son camarade.

Il en sera de même pour le cavalier à cheval. (*Voyez* planche 7.)

DE LA

DE LA PARADE *OFFENSIVE ET DÉFENSIVE.*

Nota. Cette parade est très-avantageuse pour l'homme à cheval ; aucune arme ne peut l'atteindre dans cette position : il se trouve par-là toujours en garde pour se défendre, et peut entrer dans son offensive s'il le juge convenable.

Garde à vous. = *Offensive et défensive.* = PARADE.

Un temps et deux mouvemens.

1. Porter le pied droit à deux pieds du gauche ; se mettre dans la position de l'homme à cheval ; fermer la main gauche, et placer le poignet sur le bas-ventre, le coude touchant le côté gauche, comme si le cavalier tenait les rênes ; étendre le sabre en avant à gauche, le poignet à droite ou à gauche, selon la position de l'adversaire, à la hauteur de la cravate, le tranchant en l'air et la pointe un peu plus haut que la monture, le corps penché en avant, fixant d'un œil ferme son ennemi. (*Voyez* planche 8.)

Portez = SABRE.

2. Porter le sabre à l'épaule, et rester dans la position de la planche 2.

DU MOULINET.

Cᴇᴛᴛᴇ instruction est d'une très-grande utilité pour dégager et former le poignet du cavalier, ainsi que pour lui donner de la force et de l'adresse du bras et de l'épaule. Le cavalier ne peut acquérir cet avantage que par un exercice souvent réitéré. Il est donc nécessaire de commencer par cette leçon, et de la faire exécuter ensuite après chaque division composant cette Théorie; de manière que le cavalier soit assez instruit dans cet exercice pour qu'aucune arme ne puisse l'atteindre. Il est à observer que le moulinet est un objet principal dans l'attaque de la cavalerie.

Les tirailleurs se portant en avant sur une ligne de bataille, sont à même de manifester, par ce jeu du sabre, leur force, leur courage, et le desir ardent qui les anime de combattre; l'opinion étant tout en tout, et certes, en fait de guerre, un puissant motif d'effrayer et de vaincre l'ennemi ! . . . .

INSTRUCTION SUR *LE MOULINET.*

CERCLE A GAUCHE.

Garde à vous. = *Préparez-vous à faire le Moulinet.*

Un temps et trois mouvemens.

1. *Offensive et défensive.* = PARADE.

2. Alonger le bras dans toute son étendue, de manière qu'il forme une ligne horizontale, le poignet en *tierce* à hauteur du front.

3. Raser vigoureusement l'encolure du cheval à gauche, et revenir à la position. (*Voyez* planche 9.)

CERCLE A DROITE.

Un temps et trois mouvemens.

1. Tourner le poignet en *quarte.*

2. Raser vigoureusement l'encolure du cheval à droite, et revenir à la parade. (*Voyez* planche 10.)

3. Porter le sabre.

OBSERVATIONS.

Le coude et le poignet doivent être flexibles en exécutant ces mouvemens.

En rasant l'encolure du cheval à gauche, le bras doit former un angle à droite;

Et en rasant l'encolure du cheval à droite, le bras doit former un angle en-dessous.

3*

OFFENSIVE *EN TIERCE.*

COUP DE POINTE.

Garde à vous. = POINTE *EN TIERCE.*

Un temps et cinq mouvemens.

1. *Offensive et défensive.* = PARADE.

2. Retirer la main à soi , la lame à plat , le tranchant en dehors , le poignet à la hauteur de l'oreille , pour préparer le coup de pointe ci-après.

3. Plonger le coup en avant, la pointe dirigée sur la poitrine de son adversaire. (*Voyez* planche 11.)

4. Revenir à la parade.

5. Reporter le sabre à l'épaule , et rester dans la position de la planche 2.

OFFENSIVE *EN TIERCE.*

COUP DE SABRE.

Garde à vous. = Coup de sabre *en tierce.*
Un temps et cinq mouvemens.

1. *Offensive et défensive.* = Parade.

2. Porter le sabre à la hauteur de l'oreille gauche, le tranchant en tierce, et la pointe en l'air, pour préparer le coup ci-après.

3. Partir avec une vive force de cette position, et porter son coup de sabre sur la figure de son adversaire. (*Voyez* planche 12.)

4. Revenir à la parade.

5. Porter le sabre.

OFFENSIVE *EN QUARTE.*

Garde à vous. = COUP DE POINTE EN QUARTE.

Un temps et cinq mouvemens.

1. *Offensive et défensive.* = PARADE.

2. Retirer le sabre à soi, de manière que le poignet se trouve sur la hanche droite, les ongles en l'air, et le corps penché en avant, la lame à plat et le tranchant en dedans, pour préparer son coup et ajuster son ennemi.

3. Plonger son coup en avant, la pointe du sabre dirigée sur son adversaire. (*Voyez* planche 13.)

4. Revenir à la parade.

5. Porter le sabre.

OFFENSIVE *EN QUARTE.*

Garde à vous. = Coup de sabre *EN QUARTE.*
Un temps et cinq mouvemens.

1. *Offensive et défensive.* = Parade.

2. Lever le sabre en l'air sur le côté droit, le bras alongé, le poignet en quarte et plus élevé que la tête, le tranchant dirigé sur l'ennemi, le corps un peu tourné sur le côté droit et penché en avant pour préparer son coup.

3. Porter avec force son coup de sabre sur la figure de son adversaire. (*Voyez* planche 14.)

4. Revenir à la parade.

5. Porter le sabre.

OFFENSIVE *A GAUCHE.*

Garde à vous. == Coup DE POINTE *A GAUCHE.*
Un temps et six mouvemens.

1. *Offensive et défensive.* == PARADE.

2. Porter le sabre sur l'estomac, la pointe en l'air, et le poignet en tierce.

3. Tourner la tête à gauche, et laisser tomber la lame à plat, horizontalement, sur le bras gauche.

4. Retirer le poignet à la hauteur de l'épaule droite, raccourcir le bras autant que possible, ajuster son adversaire, et lui lancer un coup de pointe dans cette position. (*Voyez* planche 15.)

5. Parade.

6. Porter le sabre.

OFFENSIVE

OFFENSIVE *A DROITE*.

Garde à vous. = Coup de pointe *a droite.*
Un temps et six mouvemens.

1. *Offensive et défensive.* = Parade.

2. Porter le sabre sur l'estomac, la pointe en l'air, le poignet en tierce.

3. Tourner la tête à droite, laisser tomber la lame du sabre horizontalement sur le bras droit, en dirigeant la pointe sur l'ennemi. (*Voyez* planche 16.)

4. Plonger son coup de pointe dans cette direction.

5. Revenir à la parade.

6. Porter le sabre.

TROISIÈME DIVISION.

PARADE DE TÊTE CONTRE LA CAVALERIE LÉGÈRE.

Garde à vous. = PARADE DE TÊTE EN QUARTE.
Un temps et six mouvemens.

1. *Offensive et défensive.* = PARADE.

2. Tourner le poignet en quarte; retirer le sabre, de manière que la monture se trouve à un pied de distance de l'épaule gauche et à la hauteur de l'oreille; la pointe de la lame huit pouces plus haut que la monture, afin de parer les coups de tête de l'adversaire.

3. Passer la lame par-dessus la tête, et porter avec force et vitesse un coup de sabre en tierce dans le flanc droit de l'ennemi. (*Voyez* planche 17.)

4. Pointe en tierce.

5. Pointe en quarte.

6. Porter le sabre.

DÉFENSE CONTRE LA CAVALERIE LÉGÈRE.

Garde à vous. = PARADE DE TÊTE *EN TIERCE.*
Un temps et six mouvemens.

1. *Offensive et défensive.* = PARADE.

2. Retirer le poignet de cette parade pour couvrir la tête en tierce, de manière que la monture se trouve à la hauteur du menton, à un pied de distance et en face de l'épaule droite, la pointe de la lame huit pouces plus haut que la monture, afin de parer le coup de tête de l'ennemi.

3. Passer la lame par-dessus la tête, et porter le coup de sabre en quarte dans le flanc gauche de son adversaire, pour lui couper la main ou les rênes. (*Voyez* planche 18.)

4. Pointe en tierce.

5. Pointe en quarte.

6. Porter le sabre. (*Voyez* planche 2.)

OBSERVATION.

Lorsque le cavalier ne peut pas atteindre son adversaire, il doit tâcher de couper les rênes de son cheval.

4 *

DE LA PARADE EN ARRIÈRE.

Garde à vous. = COUVREZ-VOUS EN ARRIÈRE.
Un temps et deux mouvemens.

1. Lever le sabre à bras tendu, la lame perpendiculaire.

2. Tourner la tête en arrière à droite; laisser tomber la lame sur le dos, le tranchant en dehors; ajuster les rênes, et prendre soin de ne pas blesser la croupe du cheval avec la pointe de son sabre. (*Voyez* planche 19.)

DÉFENSIVE.

DE LA PARADE DE L'ÉPAULE GAUCHE.

Garde à vous. = Couvrez l'épaule gauche.
Un temps et un mouvement.

1. Tourner la tête en arrière à gauche, étendre le bras autant que possible, et passer le poignet par-dessus la tête, le tranchant en dehors, la pointe du sabre un pied plus bas que la monture. (*Voyez* planche 20.)

DÉFENSIVE.

DE LA PARADE DE L'ÉPAULE DROITE.

Garde à vous. = COUVREZ L'ÉPAULE DROITE.
Un temps et un mouvement.

1. Tourner la tête en arrière, à droite ; partir de la position précédente ; repasser le poignet par-dessus la tête ; décrire un cercle pour revenir de l'épaule à la droite , le tranchant en dehors. (*Voyez* planche 21.)

DU COUP DE SABRE EN ARRIÈRE *EN TIERCE.*

Garde à vous. = Coup de sabre en arrière *en tierce.* Un temps et deux mouvemens.

1. Lever le sabre à bras tendu, la lame perpendiculaire pour bien préparer son coup.

2. Porter avec force et vitesse un coup de revers en arrière, en tierce, sur la tête de son adversaire. (*Voyez* planche 22.)

COUP DE SABRE EN ARRIÈRE *EN QUARTE.*

Après le coup ci-dessus, le cavalier tourne la main en quarte, et applique un coup de sabre à son ennemi sur le poignet gauche ou sur les rênes, pour tâcher de les couper. (*Voyez* planche 23.)

COUP DE POINTE EN ARRIÈRE.

Un temps et deux mouvemens.

1. Après le coup précédent, rester dans cette position; retirer le poignet de manière qu'il se trouve vis-à-vis de l'épaule droite; laisser tomber la lame sur l'avant-bras droit, la pointe dirigée sur son ennemi.

2. Plonger dans cette direction son coup de pointe. (*Voyez* planche 24.)

OFFENSIVE ET DÉFENSIVE.

PARADE DE LA TÊTE DU CHEVAL *A GAUCHE.*

Garde à vous. = PARADE DE LA TÊTE DU CHEVAL *A GAUCHE.* Un temps et huit mouvemens.

1. *Offensive et défensive.* = PARADE.

2. Porter le corps et le bras horizontalement étendus en avant ; baisser la pointe du sabre, le poignet en tierce, sur l'oreille droite du cheval, à un pied de distance; chercher à parer les coups de sabre de l'ennemi, qui peuvent tomber sur la tête du cheval à droite.

3. Coup de pointe en tierce.

4. Coup de pointe en quarte.

5. Coup de sabre en quarte.

6. Coup de sabre en tierce.

7. Revenir à la parade.

8. Porter le sabre. (*Voyez* planche 25.)

> *Nota.* Couvrir la tête du cheval est une parade très-essentielle et très-nécessaire dans les attaques en masse et dans les charges en colonne ; car sitôt qu'un cheval reçoit un coup sur la tête, il recule, met le désordre dans les rangs, occasionne des intervalles, et facilite l'ennemi à pénétrer.

OFFENSIVE ET DÉFENSIVE.

PARADE DE LA TÊTE DU CHEVAL *A DROITE.*

Garde à vous. = PARADE DE LA TÊTE DU CHEVAL *A DROITE.* Un temps et huit mouvemens.

1. *Offensive et défensive.* = PARADE.

2. Porter le corps et le bras horizontalement étendu en avant ; baisser la pointe du sabre, le poignet en tierce, sur l'oreille gauche du cheval , à un pied de distance; chercher à parer les coups de sabre de l'ennemi, qui peuvent tomber sur la tête du cheval à gauche.

3. Coup de pointe en tierce.

4. Coup de pointe en quarte.

5. Coup de sabre en quarte.

6. Coup de sabre en tierce.

7. Revenir à la parade.

8. Porter le sabre. (*Voyez* planche 26.)

Nota. Même observation qu'à la page précédente.

QUATRIÈME DIVISION.

OFFENSIVE ET DÉFENSIVE *A DROITE*

CONTRE LES CUIRASSIERS.

Garde à vous. = Défense contre un cuirassier *a droite.* Un temps et deux mouvemens.

1. *Offensive et défensive.* = Parade.

2. Se raffermir dans les étriers, ajuster les rênes, porter le corps en avant, étendre le bras horizontalement en avant, vis-à-vis de l'épaule droite, le poignet en quarte, la lame du sabre perpendiculaire, et le pouce alongé sur la monture; attendre dans cette position le cuirassier. (*Voyez* planche 27.)

OFFENSIVE.

COUP DE POINTE *EN QUARTE*.

Un temps et deux mouvemens.

1. Après le mouvement précédent , faire le simulacre de chasser le coup de pointe du cuirassier à gauche ou à droite.

2. Ramener le poignet sur la hanche droite, et porter un coup de pointe sur la figure du cuirassier. (*Voyez* planche 28.)

OFFENSIVE.

COUP DE POINTE *EN TIERCE.*

Un temps et deux mouvemens.

1. Après le coup qui précède, retirer la main sur la hanche droite, en tournant le poignet en tierce.

2. Porter vivement un second coup de pointe dans la figure du cuirassier. (*Voyez* planche 29.)

OFFENSIVE.

COUP DE CUISSE *A DROITE.*

Un temps et trois mouvemens.

1. Après le coup de pointe précédent, lever horizontalement le sabre au-dessus de la tête.

2. Porter avec force un coup de sabre en quarte sur la main du cuirassier, pour chercher à le blesser ou lui couper les rênes. (*Voyez* planche 3o.)

3. Revenir à la parade.

4. Porter le sabre.

OFFENSIVE ET DÉFENSIVE *A GAUCHE*

CONTRE LES CUIRASSIERS.

Garde à vous. = DÉFENSE CONTRE UN CUIRASSIER *A GAUCHE.* Un temps et trois mouvemens.

1. *Offensive et défensive.* = PARADE.

2. Se raffermir sur les étriers, ajuster les rênes, porter le corps en avant, le bras horizontalement vis-à-vis de l'épaule gauche, le poignet en quarte, et la lame du sabre perpendiculaire; attendre dans cette position l'attaque du cuirassier. (*Voyez* planche 31.)

OFFENSIVE.

OFFENSIVE.

COUP DE POINTE *EN QUARTE.*

Un temps et deux mouvemens.

1. Après le mouvement précédent, faire le simulacre de chasser le coup de pointe du cuirassier à droite ou à gauche.

2. Ramener le poignet sur la hanche droite, et porter un coup de pointe sur la figure du cuirassier. (*Voyez* planche 32.)

OFFENSIVE.

COUP DE POINTE *EN TIERCE.*

Un temps et deux mouvemens.

1. Après le coup qui précède, retirer la main sur la hanche droite, en tournant le poignet en tierce.

2. Porter vivément un second coup dans la figure du cuirassier. (*Voyez* planche 33.)

OFFENSIVE.

COUP DE CUISSE *A GAUCHE.*

Un temps et quatre mouvemens.

1. Après le coup de pointe, lever horizontalement le sabre au-dessus de la tête.

2. Porter un coup en quarte avec force sur la main gauche du cuirassier, qui se trouve à découvert, le blesser, ou lui couper les rênes. (*Voyez* planche 34.)

3. Revenir à la parade.

4. Porter le sabre.

CINQUIÈME DIVISION.

DÉFENSE CONTRE LANCIERS *A DROITE*.

Garde à vous. = CONTRE LANCIER *A DROITE.*
Un temps et huit mouvemens.

1. *Offensive et défensive.* = PARADE.

2. Retirer le bras, et poser le poignet sur le gros de la cuisse ; s'affermir sur ses étriers, et ajuster les rênes, la lame et le corps légèrement penchés en avant ; attendre dans cette position l'attaque du lancier.

3. Faire le simulacre de chasser la lance avec force à droite ou à gauche.

4. Pointe en tierce.

5. Pointe en quarte.

6. Coup de sabre sur les rênes.

7. Parade.

8. Porter le sabre. (*Voyez* planche 35.)

DÉFENSE CONTRE LANCIERS *A GAUCHE.*

Garde à vous. = CONTRE LANCIER *A GAUCHE.*
Un temps et huit mouvemens.

1. *Offensive et défensive.* = PARADE.

2. Porter le bras vers l'épaule gauche, la pointe en l'air, la lame légèrement penchée en avant; ajuster les rênes, et attendre dans cette position l'attaque du lancier.

3. Faire le simulacre de chasser la lance avec force, à droite ou à gauche.

4. Pointe en tierce.

5. Pointe en quarte.

6. Coup de sabre sur les rênes.

7. Parade.

8. Porter le sabre. (*Voyez* planche 36.)

Comment on doit se défendre contre la lance dans les retraites, sur les digues, les ponts, les ravins et les défilés.

IL est très-nécessaire que ce commandement soit confié à un officier bien expérimenté, et qui sache maintenir la marche des troupes au pas, parce que, si le mouvement s'exécutait plus vite, il y aurait du désordre dans la manœuvre, et les chevaux seraient hors d'haleine.

L'arrière-garde, en rentrant dans le défilé, aura la carabine chargée, le sabre pendu au poignet; le commandant mettra sa troupe par quatre, de manière à ce qu'il reste de chaque côté du ravin la place pour passer un cheval : la première file de la tête se divise.

Les numéros 1 et 2 font contre-marche à droite, et les numéros 3 et 4 contre-marche à gauche, pour aller prendre la queue de l'arrière-garde, où, étant arrivés, ils font feu de leurs carabines sur les hommes et non sur les chevaux, parce que les chevaux étant démontés, mettent le désordre dans les rangs et retardent la poursuite de l'ennemi. Après avoir fait feu, les cavaliers laissent tomber leurs carabines et reprennent le sabre, qu'ils tiennent en arrière, prêts à parer le coup de lance, la tête tournée à droite, pour observer l'attaque et être à même de chasser la lance au besoin. (*Voyez* planche 37.)

OFFENSIVE ET DÉFENSIVE

CONTRE LA LANCE *EN ARRIÈRE.*

Un temps et cinq mouvemens.

1. *Offensive et défensive.* = **Parade.**

2. Tourner la tête en arrière à droite pour observer l'attaque de l'ennemi, et tenir le sabre en arrière, le bras alongé et la lame perpendiculairement en l'air, pour chasser ainsi les coups de lance que l'ennemi peut vous porter.

3. Faire le simulacre de chasser la lance à gauche et à droite.

4. Parade.

5. Porter le sabre. (*Voyez* la 4.ᵐᵉ file de la planche 37.)

SIXIÈME DIVISION.

DE LA DÉFENSE CONTRE L'INFANTERIE *A DROITE*.

OFFENSIVE ET DÉFENSIVE.

Garde à vous. = CONTRE L'INFANTERIE *A DROITE*.
Un temps et trois mouvemens.

1. *Offensive et défensive.* = PARADE.

2. Tourner le poignet en quarte, et porter le sabre haut vers l'épaule gauche, de manière que le poignet se trouve à hauteur de la cravate ; donner au cheval les aides de la traverse à gauche ; c'est-à-dire, ouvrir les rênes et la jambe gauche, appuyer la jambe droite, pour que le cheval n'expose pas , par de faux mouvemens , à recevoir des coups de baïonnette.

3. Chasser avec force la baïonnette par un coup de revers avec le dos du sabre. (*Voyez* planche 38.)

RAMASSER

RAMASSER LA BAÏONNETTE *A DROITE*

SUR L'INFANTERIE.

Un temps et deux mouvemens.

1. Après le coup précédent, tourner le poignet en tierce, le tranchant en dehors.

2. Relever encore de nouveau la baïonnette du fantassin. (*Voyez* planche 39.)

COUP DE SABRE *EN TIERCE A DROITE*

SUR L'INFANTERIE.

Un temps et un mouvement.

1. Après avoir écarté la baïonnette, et étant encore sur la ligne en tierce, porter vivement un coup de sabre sur la figure du fantassin. (*Voyez* planche 4o.)

COUP DE SABRE *EN QUARTE A DROITE* SUR L'INFANTERIE.

Un temps et deux mouvemens.

1. Le coup précédent exécuté, tourner le poignet en quarte, le tranchant en dedans.

2. Porter un second coup de sabre sur son adversaire. (*Voyez* planche 41.)

COUP DE POINTE *EN QUARTE A DROITE*
SUR L'INFANTERIE.

Un temps et deux mouvemens.

1. Le coup précédent exécuté , ramener le poignet sur la hanche droite, la pointe en quarte, et dirigée sur la poitrine de son adversaire.

2. Porter un coup de pointe dans cette direction. (*Voyez* planche 42.)

COUP DE POINTE *EN TIERCE A DROITE*

SUR L'INFANTERIE.

Un temps et quatre mouvemens.

1. Après le coup, tourner la main en tierce, en retirant le bras; ramener le poignet à la hauteur de l'œil droit.

2. Fixer le fantassin , diriger la pointe du sabre sur sa poitrine , et l'y plonger vivement.

3. Revenir à la parade.

4. Porter le sabre. (*Voyez* planche 43.)

> *Nota.* Les six coups précédens doivent se succéder rapidement. Le cavalier, après avoir écarté la baïonnette, peut employer le coup de pointe, au lieu de coup de sabre. Rien n'empêche les instructeurs de faire exécuter ce changement, sur-tout quand il s'agit de l'instruction de la grosse cavalerie.

DE LA DÉFENSE *A GAUCHE*

CONTRE L'INFANTERIE.

OFFENSIVE ET DÉFENSIVE.

Garde à vous. = CONTRE L'INFANTERIE *A GAUCHE.*

Un temps et trois mouvemens.

1. *Offensive et défensive.* = PARADE.

2. Porter le sabre haut sur la droite, le tranchant en dehors, le bras et la lame alongés; donner au cheval les aides de la traverse à droite; c'est-à-dire, ouvrir les rênes et la jambe droite; appuyer la jambe gauche pour empêcher le cheval de ruer, afin de n'être pas exposé à recevoir des coups de baïonnette.

3. Presser vigoureusement l'encolure du cheval à gauche, et chasser la baïonnette avec le dos du sabre. (*Voyez* planche 44.)

RAMASSER LA BAÏONNETTE.

Un temps et deux mouvemens.

1. Tourner le poignet en quarte.

2. Relever encore de nouveau la baïonnette avec le dos du sabre, et porter le poignet sur la droite, à hauteur de la tête, pour entrer dans l'offensive. (*Voyez* planche 45.)

COUP DE SABRE *EN QUARTE.*

Un temps et un mouvement.

1. Porter vivement et avec force un coup de sabre en quarte sur la tête du fantassin, et replacer le poignet à la hauteur de l'épaule gauche, pour préparer le second coup. (*Voyez* planche 46.)

COUP

COUP DE SABRE *EN TIERCE*,

Un temps et deux mouvemens.

1. Tourner le poignet en tierce.

2. Porter un second coup de sabre sur la tête du fantassin. (*Voyez* planche 47.)

COUP DE POINTE *EN TIERCE.*

Un temps et deux mouvemens.

1. Après le coup précédent, porter le poignet à la hauteur de l'œil droit; diriger la pointe sur la poitrine du fantassin.

2. Plonger sur lui un coup de pointe en tierce. (*Voy.* planche 48.)

COUP DE POINTE *EN QUARTE.*

Un temps et quatre mouvemens.

1. Le coup de pointe en tierce étant porté, le cavalier ramène le poignet sur la hanche droite, et dirige de nouveau la pointe du sabre en quarte sur le fantassin.

2. Plonger vivement son coup de pointe dans cette direction. (*Voyez* planche 49.)

3. Revenir à la parade.

4. Porter le sabre.

Dès que les Élèves seront assez instruits pour exécuter, sans démonstration de la part de l'Instructeur, et seulement d'après son commandement, tous les coups de sabre *offensifs* et *défensifs* contenus dans cette Théorie, c'est alors qu'ils pourront passer à la seconde Leçon.

MODE D'HABILLEMENT.

Les instructeurs et les cavaliers auront une camisole à manches en buffle garnie en crin, et un casque à visière, afin de garantir leur figure.

Travail de la 2.e Leçon.

Les cavaliers seront placés sur un rang, et l'instructeur prendra position à vingt pas de distance, au centre, en avant de la ligne. Il commandera : *Garde à vous.* = *Cavaliers de la droite portez-vous en avant pour combattre.* = Marche. Aussitôt ils partiront de la droite au pas ordinaire, d'après le commandement, sur la ligne prescrite, et se placeront en face de l'instructeur, qui se fera parer tous les coups de sabre offensifs, lances et baïonnettes décrits dans cette Théorie.

Pour la parade de la baïonnette, le cavalier doit monter sur une table de quatre pieds de hauteur. (*Voyez* figure 2, planche 5o.)

D'après cet exercice, les cavaliers rentreront dans les rangs, en se plaçant à l'aile gauche.

Travail de la 3.e Leçon.

Les cavaliers arrivés sur la place d'exercice, l'instructeur fera ouvrir les rangs à la pointe du sabre, comme il est dit dans l'instruction à pied. Après qu'ils auront exécuté tous les coups de sabre à cheval dans l'instruction à pied, première classe, alors on leur fera mettre pied à terre. Les IMPAIRS quitteront leur rang pour endosser la cuirasse et se masquer, et après leur rentrée, les PAIRS quitteront pour se vêtir de même, et ensuite on les fera tous monter à cheval.

L'instructeur divisera sa troupe de manière à ce qu'une partie ait l'offensive, et l'autre la défensive : il les placera l'une en face de l'autre à cinquante pas de distance pour préparer l'exercice, qui se fera en ordre de combat. Les cavaliers partiront de l'aile droite, un par un, sur la ligne prescrite au pas égal, d'après les ordres de l'instructeur, et au commandement de *Garde à vous.* = *Cavaliers de la droite de chaque rang préparez-vous pour combattre telle division (désigner la division) au pas, au trot, au galop.* = MARCHE. Aussitôt le trompette sonnera l'attaque. Les cavaliers se réuniront au centre des deux lignes, et les non combattans, spectateurs, seront à même de tirer avantage de la Leçon, qui leur servira quand leur tour de combattre arrivera. L'instructeur donnera le signal au trompette de sonner la rentrée, et les combattans reprendront leurs rangs, en se plaçant à l'aile gauche.

L'instructeur fera mettre pied à terre à volonté, pour sangler les chevaux. (*Voyez* planche 51.)

L'exercice ci-dessus bien exécuté, ne peut plus donner de doute sur la perfection du cavalier : on s'apercevra facilement qu'elle suffira à lui donner du courage et de la confiance en lui-même, et qu'il pourra toujours, par ce moyen, tirer un très-grand avantage sur l'ennemi, et même être sûr de le défaire, par l'assurance qu'il aura conservée de ses premiers exercices.

TABLE DES MATIÈRES.

LISTE DES SOUSCRIPTEURS.

Sa MAJESTÉ LOUIS XVIII.
S. A. R. MONSIEUR, Frère du Roi.
S. A. R. M.ᵍʳ le Duc D'ANGOULÊME.
S. A. R. M.ᵍʳ le Duc DE BERRI.
S. A. M.ᵍʳ le Prince DE CONDÉ.
S. Ex. M.ᵍʳ le Duc DE FELTRE, Ministre de la Guerre.
CROY SOLRE (le Prince de), Maréchal-de-Camp.

ALBERT, Baron Marchant.

BARRON (du), Grand-Prévôt de la Cour prévôtale de Bourges.
BASTIDE.
BOISLINARD.
BONWALD (le Comte de).
BONWALD FERMAND.
BORD DE LA SALLE, Chef d'Escadron, commandant la Gendarmerie
du département du Cher.
BRUCE, Colonel du régiment d'Artillerie à cheval de Metz.
BUISSON, Garde-du-Corps du ROI.
BUTTÉ, Contrôleur.

CAMBRAI (le Baron de), commandant la Garde Nationale à cheval à
Orléans.
CHABENAT (de), commandant la Garde Nationale à cheval à Bourges.
COMPAGNIE de GENDARMERIE de la Mayenne.
CONTROLEUR (le) des Contributions indirectes de Bourges.
CORNEBISE, Colonel de la Légion du Loiret.
COTEREAU, Capitaine de la Garde Nationale de Bourges.
COULON (de), Capitaine de Garde Nationale de Bourges.

9

DARBAUD MISSON, Colonel de la Légion du Cher.

DAUDY (le Chevalier).

DELIGNY, Inspecteur aux Revues.

DELILLE , Directeur du Collége de Bourges.

DESPINOIS (le Comte), Lieutenant - Général commandant la 1.re division militaire.

DESPRÉAUX, Colonel de la Garde Nationale de Saint-Amand.

DESSOLLE, Préfet de l'Indre.

DIGEON (le Baron), Lieutenant-Général.

DURBOIS.

ESBECK (le Baron d'), Lieutenant-Colonel de la Légion du Cher.

FORÉT, Procureur de la Cour Royale de Bourges.

FUSSI (de), Capitaine de la Garde Nationale de Bourges.

GARNIER, Capitaine-Trésorier des Chasseurs des Pyrénées.

GOUTEL DE PREHAUT , Chef de Bataillon de la Garde Nationale de Bourges.

GRANDJEAN , Chef du Timbre, à Bourges.

GRANGIER DE BOIS - DU - CHAMP , Adjudant - Major de la Garde Nationale de Bourges.

GUÉRIN D'ÉTOQUIGNY (le Baron), Maréchal-de-Camp, commandant le département du Loiret.

HOUET (d'), Maire de Bourges.

HOZIER (le Chevalier Charles d'), Ecuyer Calvacadour de S. A. R. Monsieur.

KENTZINGER (le Baron de), Colonel de la Garde Nationale de Bourges.

LABRENANCHYE (de), Adjudant-Major de la place de Rochefort.

LABROUSSE DE MEYSSEZ, Lieutenant d'Artillerie.

LEDUC (le Baron), Sous-Inspecteur aux Revues.

MAILLÉ (le Duc de), Pair de France, Maréchal-de-Camp.

MAINVILLE (le Chevalier de), Lieutenant de Gendarmerie, à Bourges.

MAITRO, Capitaine d'Artillerie du régiment de Lafère.

MERCERAI neveu, à Bourges.

MONTSAULIN (le Comte DE), Inspecteur-Général de la Garde Nationale,
à Bourges.

MOUSSOIR, Secrétaire de la Mairie à Bourges.

PARNAJON, Chef de Bataillon du Génie.

PÉRIGORD (le Comte DE), Colonel du 1.er régiment de Cuirassiers de la
Garde Royale.

PRÉVAL (le Baron DE), Lieutenant-Général.

PUYSÉGUR (le Comte DE), Capitaine des Gardes de MONSIEUR.

RATORÉ, Libraire à Orléans.

REGGIO (le Maréchal Duc DE), Pair de France, Commandant en chef de
la Garde Nationale de Paris.

REIZET (le Baron DE), Maréchal-de-Camp, Lieutenant commandant les
Gardes-du-Corps du ROI.

REY (le Baron), Lieutenant-Général commandant la 21.e division militaire.

RENALD fils, à Bourges.

ROCHEFORT (le Comte DE).

ROCHEFORT (GABRIEL GASSO DE), Chevalier de Saint-Louis.

ROUSSEAU, Proviseur du Collége de Bourges.

RUELLE DU GUET.

SAINT-ANGE, Capitaine d'Etat-Major, à Bourges.

SAINT-JULIEN (DE).

SCHULER, Colonel d'Artillerie du régiment de Lafère.

SICARD, Inspecteur aux Revues.

SIVRAC (le Duc DE), Inspecteur de la Garde Nationale, à Orléans.

TALEYRAND (le Comte DE), Préfet du département du Loiret.

TAMISIER DE BARD, Colonel-Directeur d'Artillerie.

TARENTE (le Maréchal Duc DE), Pair de France, Grand - Chancelier
de la Légion d'Honneur.

TEXTOR, Aide-de-Camp de M.gr le Duc de Tarente.

VILLENEUVE (le Marquis DE), Préfet du département du Cher.

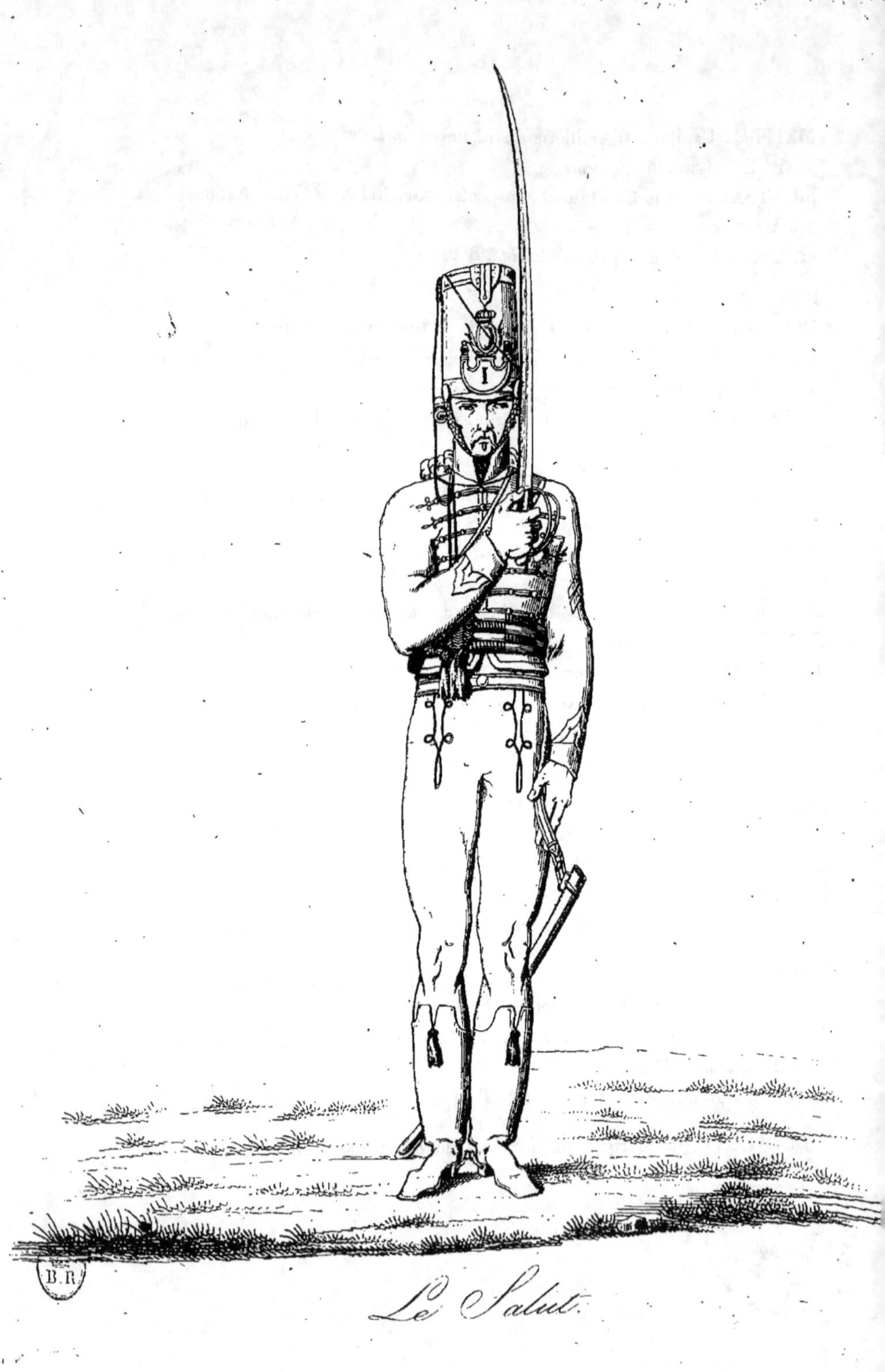

Le Salut.

Le Cavalier en Repos.

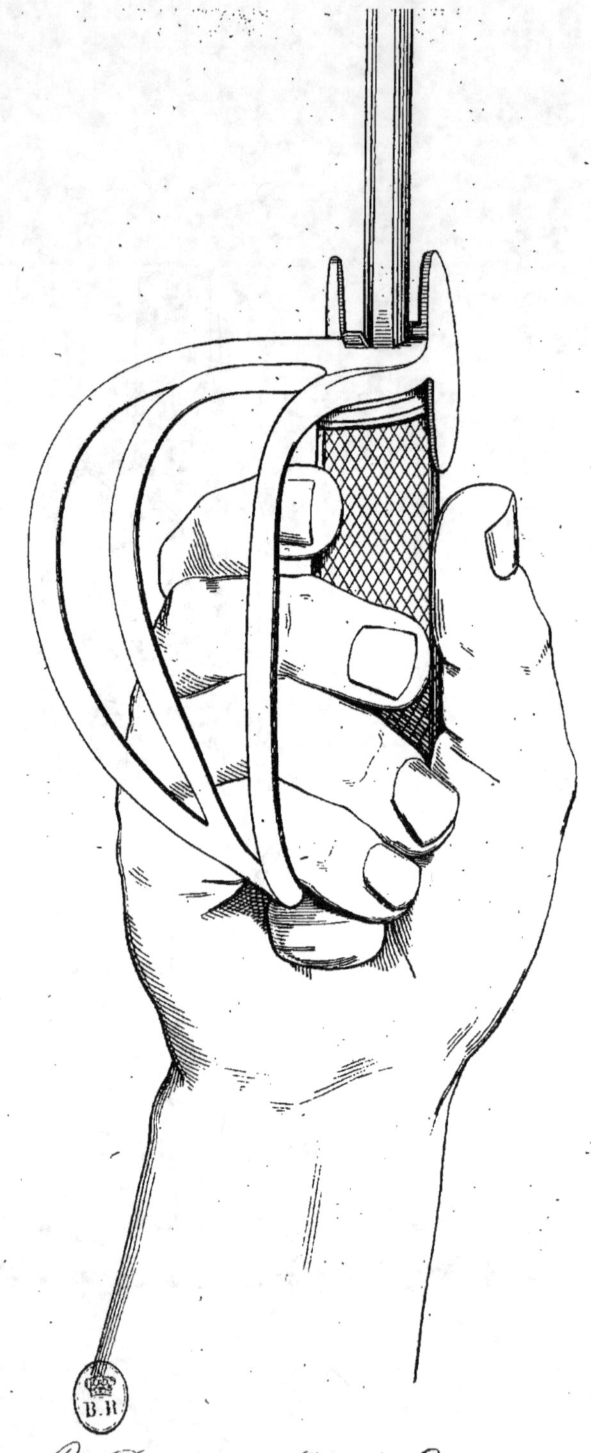

Le Poignet en Quarte.

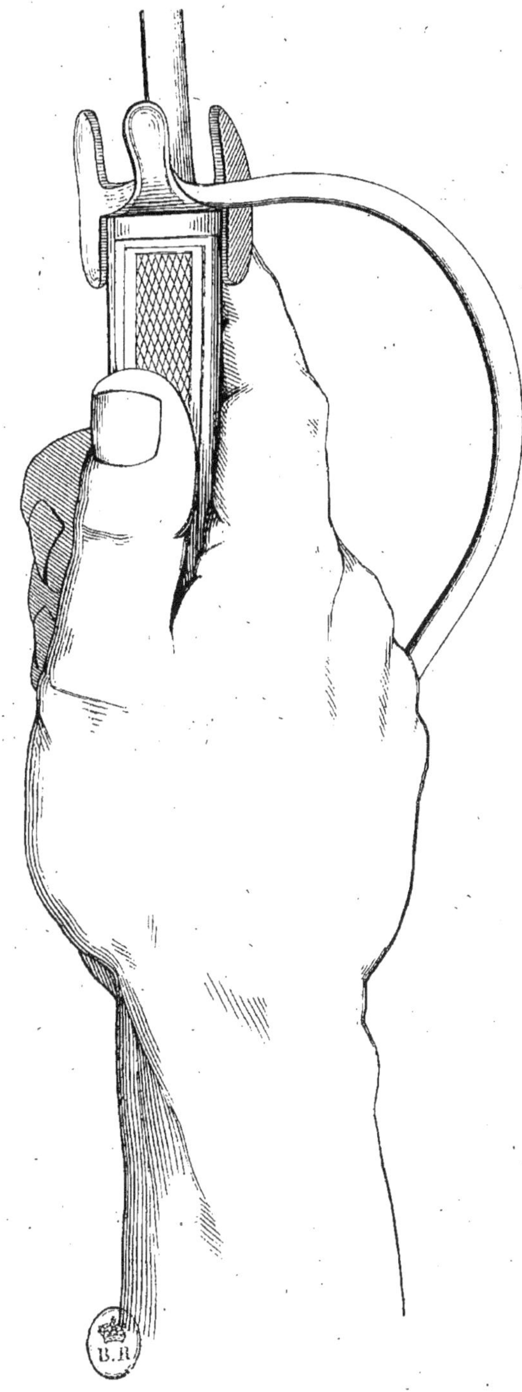

Le Poignet en Tierce.

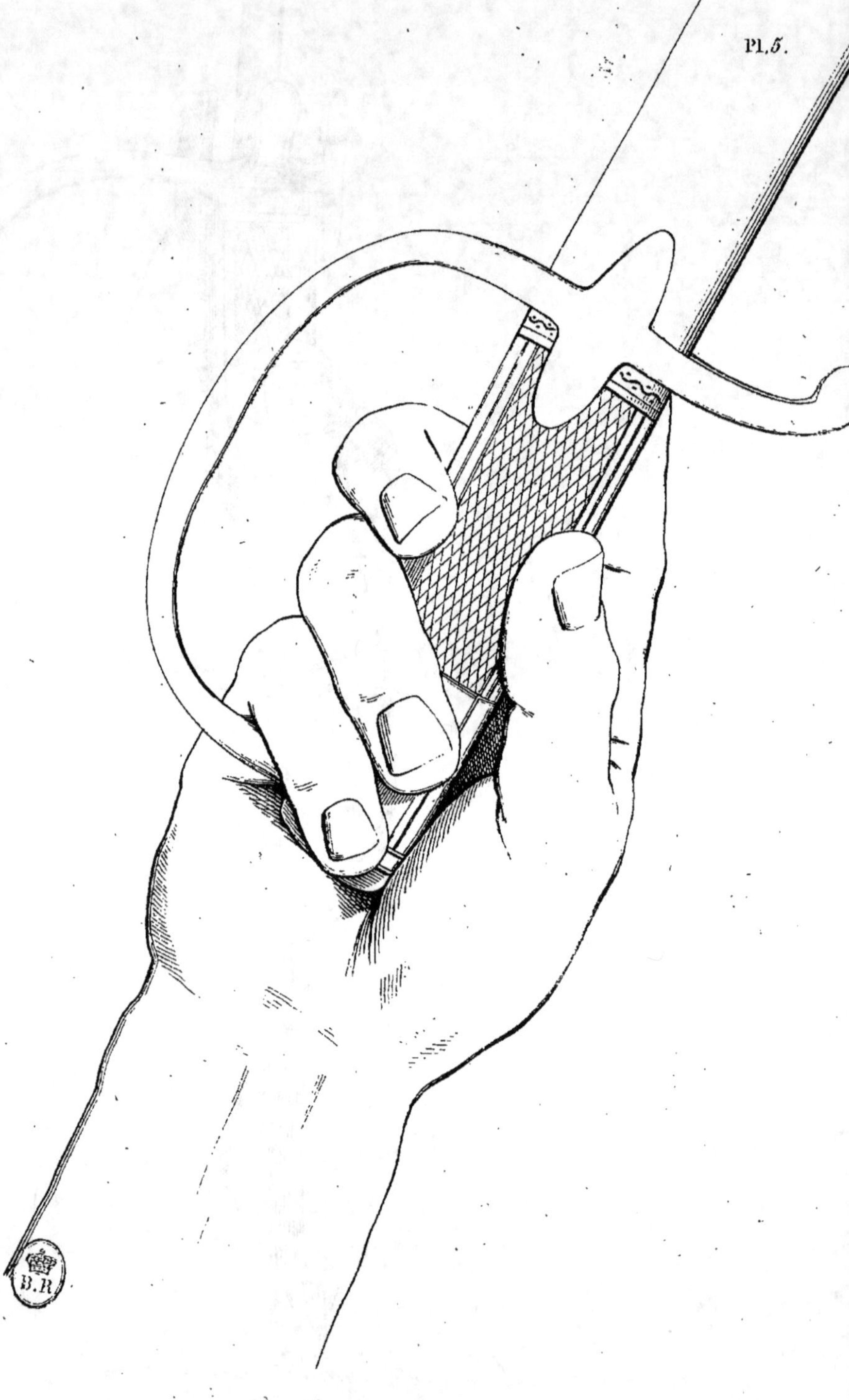

Le Poignet ouvert.

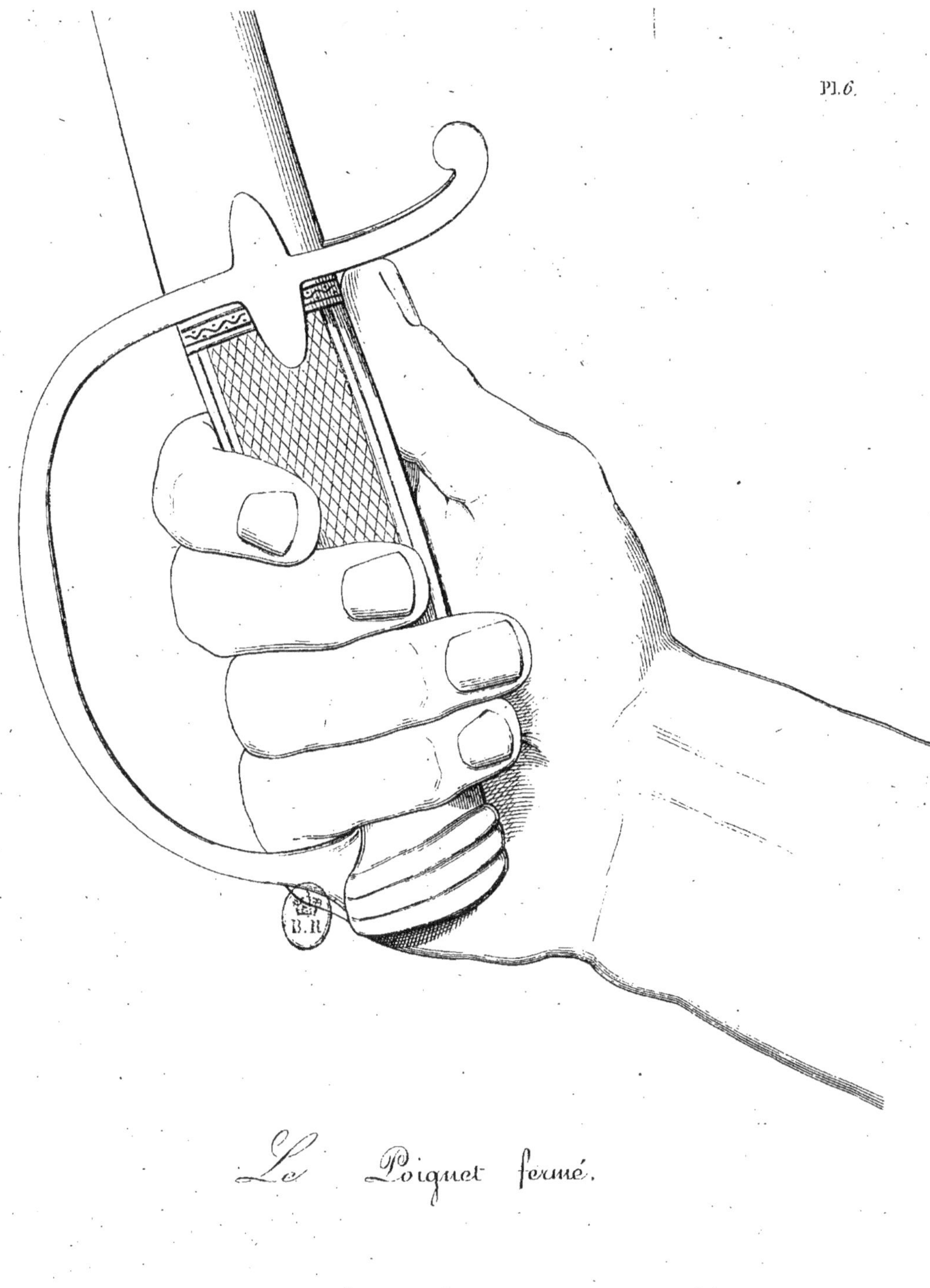

Le Poignet fermé.

Distance à longueur de Sabre pour combattre.

Position pour l'Offensive et Défensive. Parade.

Position pour le Moulinet à gauche.

Moulinet à Droite.

Coup de Pointe en Tierce.

Coup de Sabre en Tierce.

Coup de Pointe en Quarte.

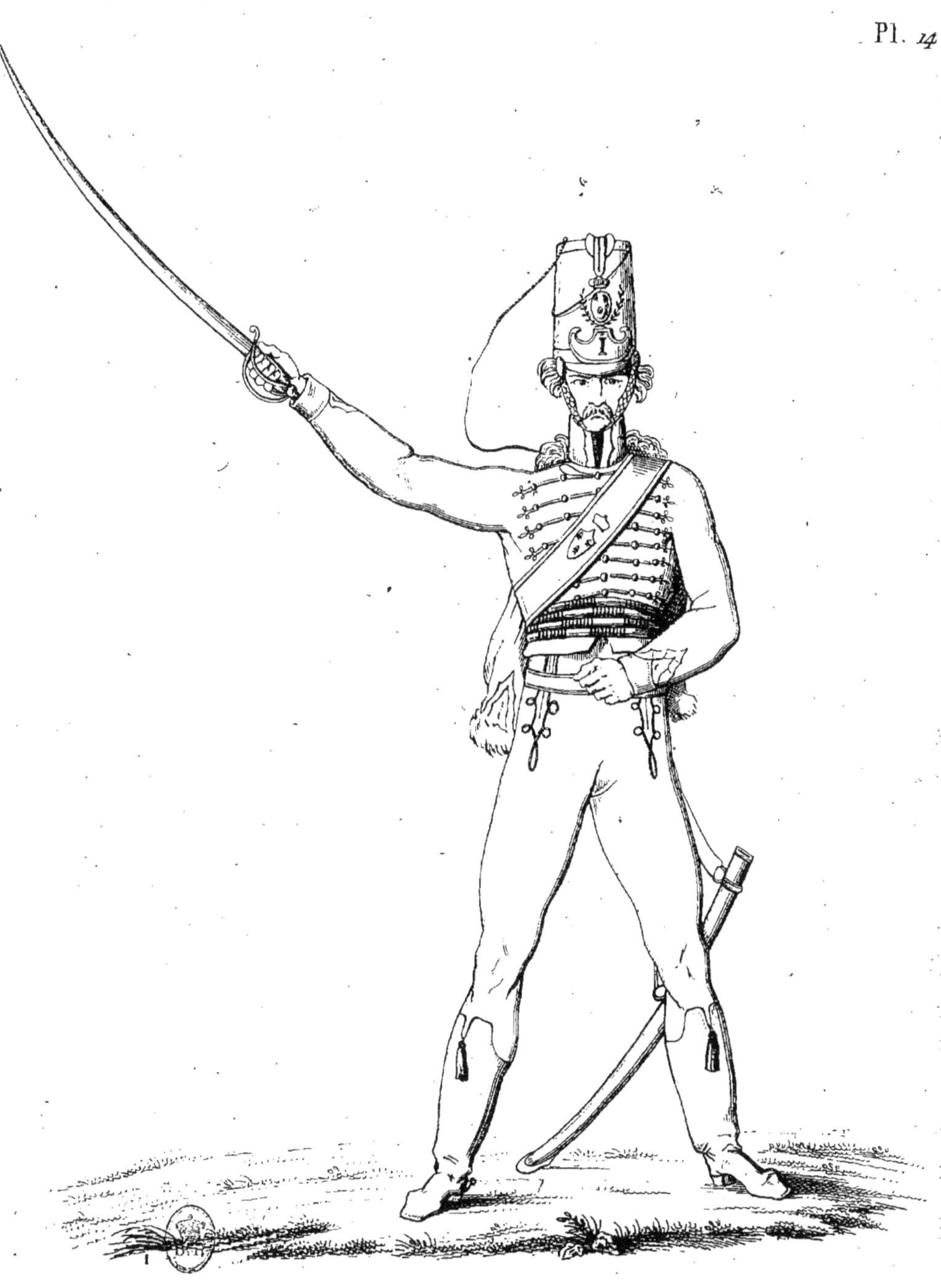

Coup de Sabre en Quarte.

Coup de Pointe à Gauche.

Coup de Pointe à Droite.

Parade de téte en Quarte.

_ Parade de tête en Tierce.

Parade en Arrière.

Parade de l'Épaule gauche.

Parade de l'Epaule droite 9.

Coup de Sabre en arrière en Tierce.

Coup de Sabre en arrière en Quarte.

Coup de pointe en Arrière.

Parade de la tête du Cheval à gauche.

Parade de la tête du Cheval à Droite.

Défensive contre Cuirassier à Droite 9.

OFFENSIVE À DROITE.

Coup de Pointe en Tierce dans la Figure du Cuirassier.

OFFENSIVE A DROITE.

Coup de Pointe en Quarte dans la Figure du Cuirassier.

Coup de Cuisse ou Quarte à droite.

Parade à gauche en Quarte contre Cuirassier.

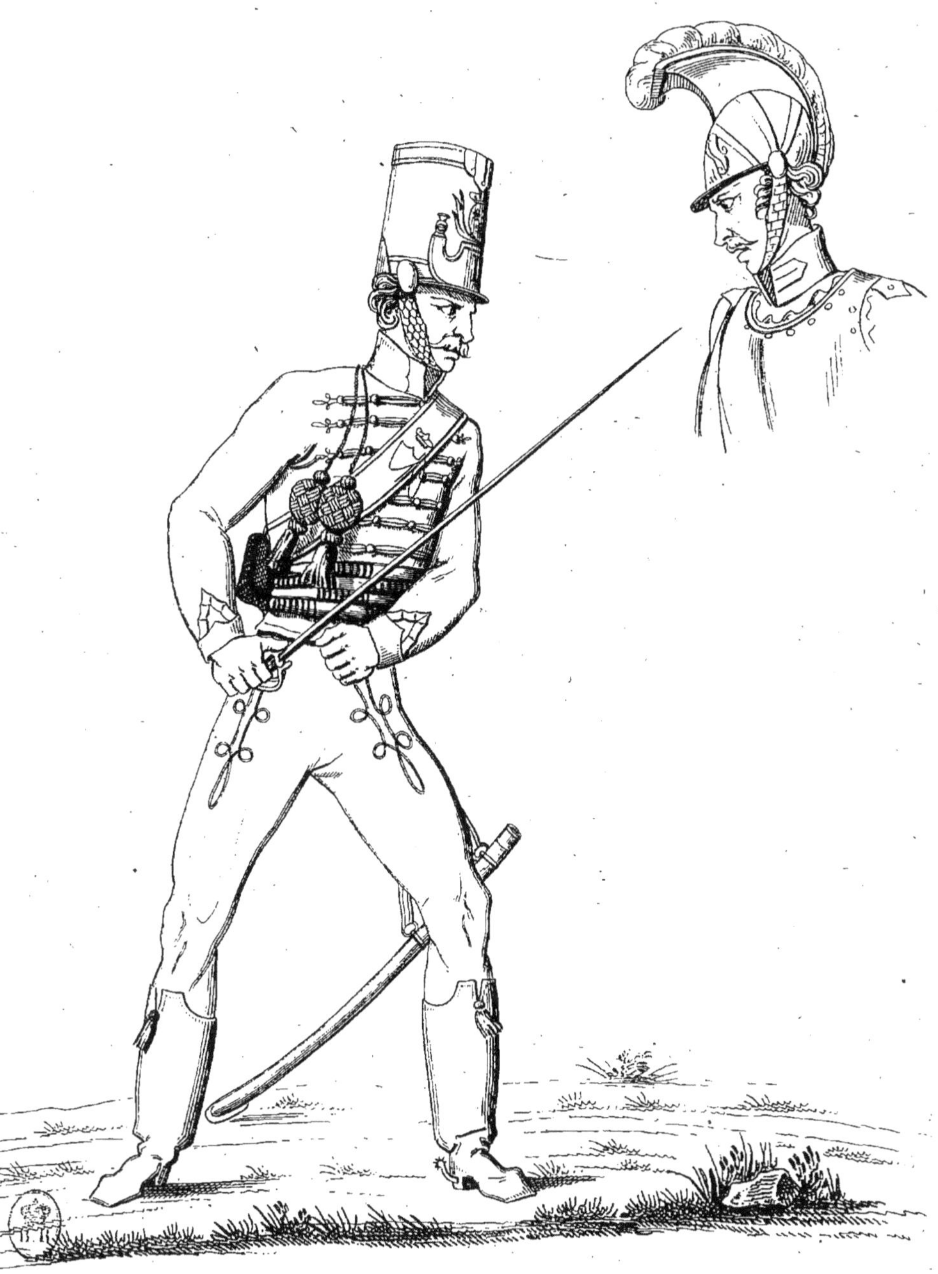

Coup de pointe à gauche en Quarte.

Coup de pointe à gauche en Tierce.

Coup de Cuisse à gauche en Quarte sur la Main et sur les Rênes.

Défensive à Droite contre Lancier.

Défensive à Gauche contre Lancier.

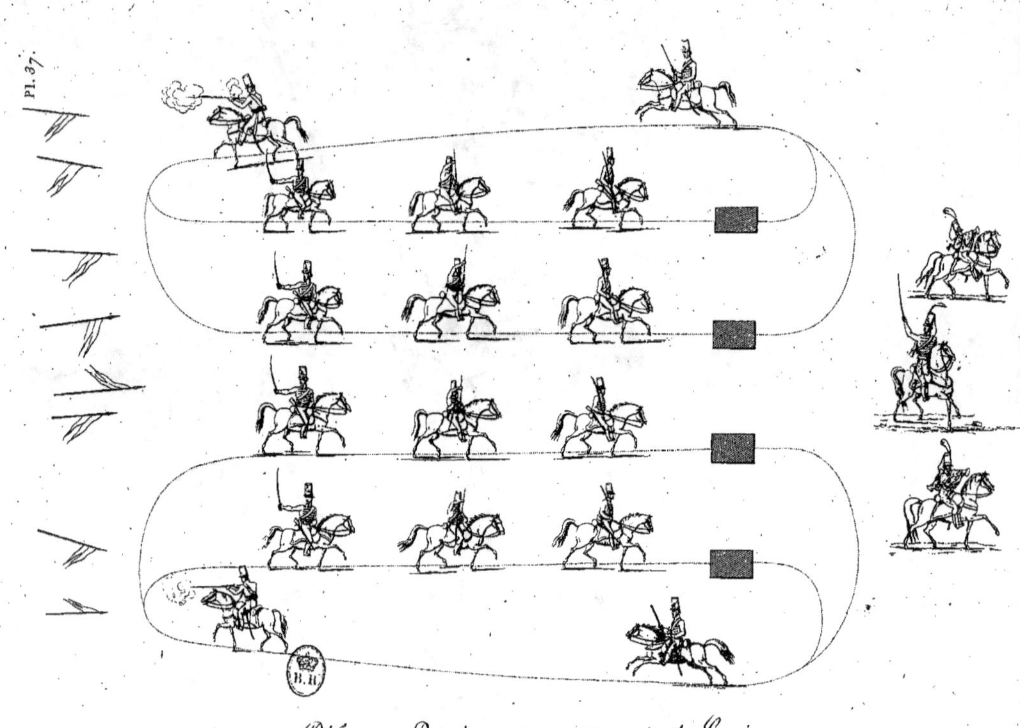

Défense, en Retraite, contre une poursuite de Lanciers.

Défensive à droite en Quarte contre la Baïonnette.

Ramasser la Baïonnette à droite en Tierce avec le dos du S.

Coup de Sabre en Tierce à droite sur l'Infanterie.

Coup de Sabre en Quarte à droite sur l'Infanterie.

Coup de Pointé ou Quarte à droite sur l'Infanterie.

Coup de Pointe en Tierce à droite sur l'Infanterie

Défensive à Gauche pour chasser la Baïonnette avec le dos du Sabre.

Ramasser la Baïonnette en Quarte à gauche avec le dos du

Pl. 46.

Coup de Sabre en Quarte à gauche contre l'Infanterie.

Coup de Sabre en Tierce à gauche contre l'Infanterie.

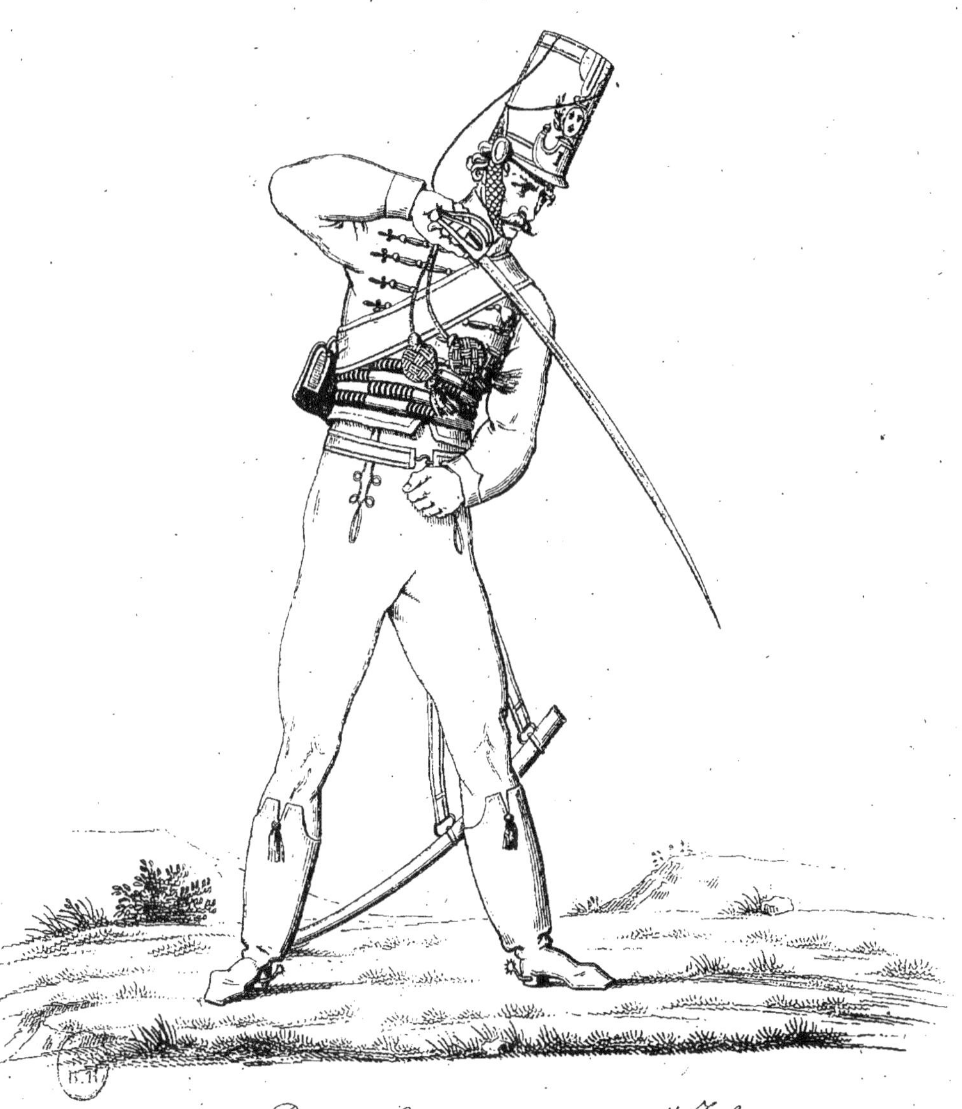

Coup de Pointe en Tierce à gauche contre l'Infanterie.

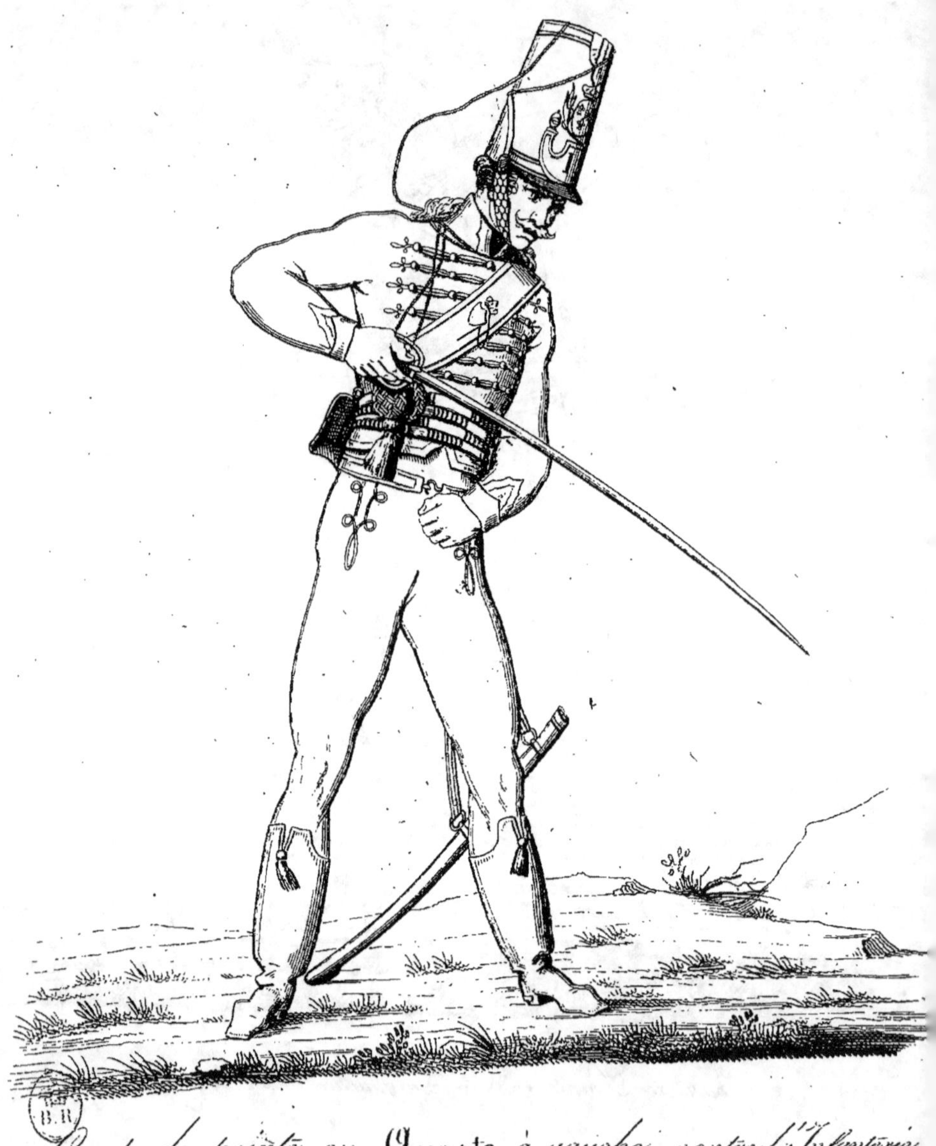

Coup de pointe en Quarte à gauche contre l'Infanterie.

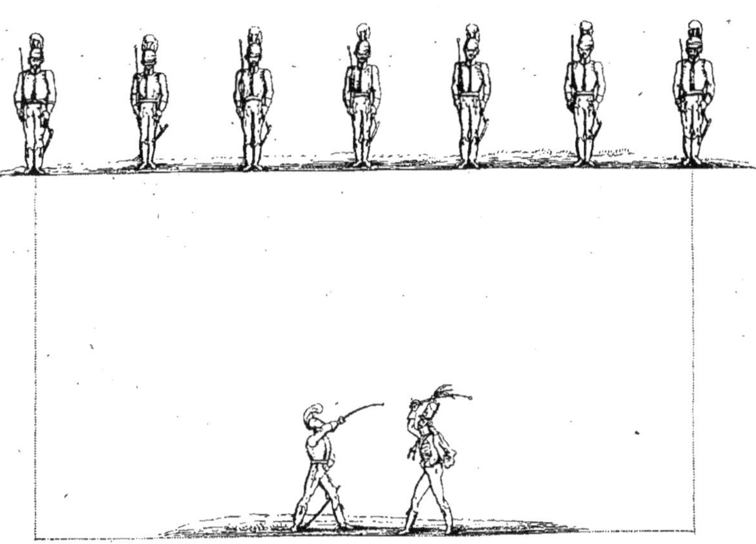

Fig 2.

Travail de la 2.ᵐᵉ partie.

Offensive.

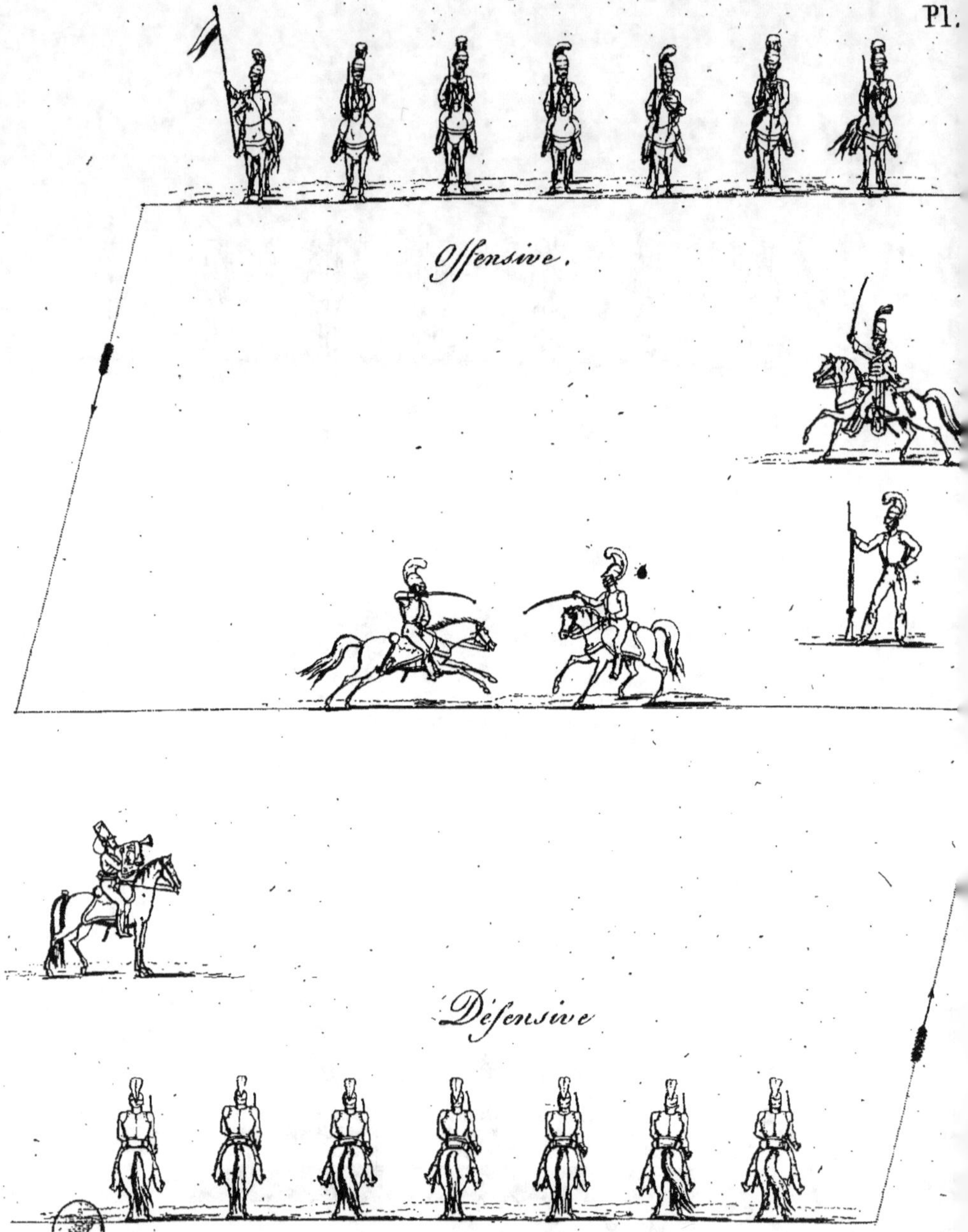

Défensive

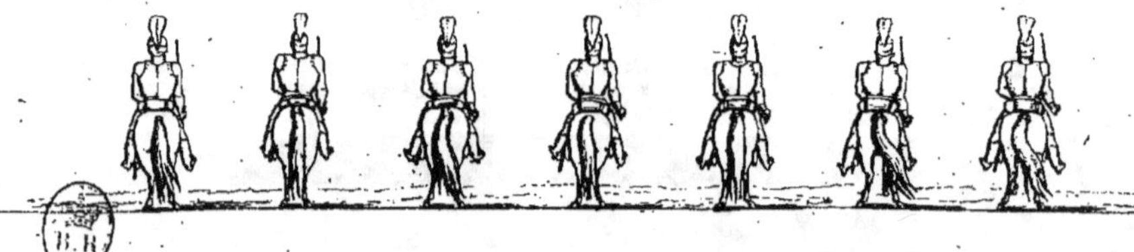

Troisième partie. Instruction à cheval.